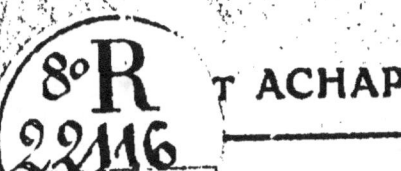

Chez
Les Tout Petits

Aux déshérités le plus d'amour.

Guépin.

Prix : 1 fr. 75

Franco : 2 francs

Édité en 1904 par

L'Avenir de la Mutualité

Rue Saint-Christoly, 10

BORDEAUX

Chez les Tout Petits

ERNEST ACHAP

Chez
Les Tout Petits

Aux déshérités le plus d'amour.

GUÉPIN.

PRIX : 2 FRANCS

ÉDITÉ EN 1904 PAR

L'Avenir de la Mutualité

Rue Saint-Christoly, 10

BORDEAUX

A Madame Gabriel Delmas

HOMMAGE RESPECTUEUX.

Comme la fleur, votre bon cœur, Madame,
Laisse un parfum bien doux !
Des tout petits vous êtes le dictame,
Et vous les aimez tous.

Je les remets en vos mains tutélaires ;
Ne les repoussez pas.
Ils béniront vos conseils salutaires
En marchant sur vos pas.

E. A.

CHEZ

LES TOUT PETITS

Leurs Mamans.

La France se dépeuple ! Ainsi clament *urbi et orbi* ceux qui pensent en criant résoudre le problème de la dépopulation. Ils n'indiquent d'ailleurs point ou peu de remèdes efficaces pour enrayer le fléau, et leurs cris frappent bien les oreilles mais n'atteignent pas les cœurs.

Est-ce à dire qu'il n'y ait qu'à gémir et à se lamenter ? Non, sans doute.

Les statisticiens nous donnent des chiffres effrayants sur la mortalité infantile et, si nous

les croyions, notre pays serait, avant de longues
années, entièrement à la merci des peuples qui
nous entourent et qui guettent, comme une proie
facile, notre impuissance future. Ce sont des
clairons avertisseurs qu'il est bon d'écouter,
car on ne peut nier que les petits bébés meurent
vraiment trop dans les villes et les campagnes,
où, dans les rues et le long du chemin, circu-
lent des cercueils recouverts d'un drap blanc ou
d'une simple serviette trop souvent, car les
mort-nés sont nombreux, les mamans n'ayant
pas été protégées par la Société. Celles qui
sont obligées de travailler jusqu'au moment de
l'accouchement sont légion et font peine à
voir.

L'opulente bourgeoise, dont le sein fécondé
annonce la venue du tout petit, qu'elle rêve
déjà potelé et rose, est étendue toute la journée
sur une chaise longue.

Ses pieds, coquettement chaussés, reposent
sur un moelleux coussin; sa tête, à la chevelure
soignée, se perd dans des flots de dentelle. Elle
lit ou songe. Ses yeux semblent percer l'avenir,
qu'elle entrevoit radieux. Sa bouche, entr'ouverte par un gai sourire, laisse apercevoir la
neige de ses dents. Elle veut bien quelquefois
aider à la confection de ces mille riens de soie

ou de fine batiste qui ornementeront les langes du nouveau-né. Ses doigts, délicats et fuselés, cousent ou brodent. Elle est délicieusement bercée par la voix tendre du mari, assis à ses côtés, et qui l'entoure de mille prévenances. Les soins de la famille ne lui font jamais défaut. Le bonheur règne en maître dans le logis somptueux. La joie, la paix se réflètent sur tous ces visages épanouis par la félicité.

Si nous pénétrons dans l'intérieur du pauvre, nous voyons l'ouvrière dans sa mansarde ouverte aux intempéries des saisons ; les murs, humides et noirs, jettent sur les épaules un froid qui pénètre. Elle est là, penchée sur sa machine, et elle pique jour et nuit, cependant que ses flancs tressaillent sous la poussée du petit être qu'elle attend et pour qui elle peine ainsi. Le mari travaille, et, péniblement, apporte quelques sous à la maison, si, débauché et ivrogne, il ne va pas les dépenser au cabaret ou en mauvaise compagnie.

C'est la ménagère, qui frotte les parquets des riches et qui plie sous le fardeau qu'elle porte dans ses flancs.

C'est encore la domestique, qui, honteuse du fruit que récèlent ses entrailles, cache sa maternité pour n'être pas chassée.

Pauvres mamans besogneuses, si intéressantes et si dignes d'être encouragées.

Mères à qui tout sourit dans la vie; vous
dont les moindres désirs sont exaucés, vous qui,
dans l'opulence et dans la joie, attendez la
naissance de votre enfant, chair de votre chair,
trésor de votre cœur, aidez ces pauvresses qui
geignent sous le poids écrasant d'un travail
quotidien, qui peinent jour et nuit et qui,
cependant, portent comme vous dans leur sein
leur amour, leur vie.

Allégez ce fardeau qui peut leur ravir ou tout
au moins étioler cet être si cher et pour qui elles
sacrifieraient tout ce qu'il y a de bon en
elles.

Comme les anciens, ayons un vrai culte pour
les mamans, et ne jetons pas la pierre à ces
miséreuses que l'égoïsme humain laisse trop
souvent sur le pavé, sans pain, la honte au
front, expiant une minute d'abandon.

Pour les unes et les autres, multiplions les
mutuelles maternelles. Mères riches, aidez les
mamans pauvres, et vous paierez ainsi une
faible part de votre dette sociale. Faites l'éducation de la femme du peuple par l'hygiène
infantile et maternelle. Evitez-lui, dans les
les dernières semaines, les fatigues d'un travail

quotidien, et faites qu'elle ait une nourriture abondante et substantielle.

Jeunes filles qui rêvez en attendant un mari, consacrez quelques heures à surveiller, à diriger quelque pouponnière, vous vous rendrez utiles et apprendrez ainsi ce qu'est la maternité. En ce faisant, vous contribuerez à la grandeur du pays, à sa force, à sa vaillance. Ne laissez pas annihiler cette vitalité par la misère et l'ignorance. Soignez les futures mamans, et vous sauverez des milliers de petits enfants.

En Famille.

LA mission toute naturelle qui incombe aux pères et mères de famille de donner à leurs enfants aide et protection serait incomplète s'ils ne joignaient à la nourriture corporelle la semence fécondante d'une éducation sociale saine et régénératrice.

Dès l'âge le plus tendre, alors que l'intelligence enfantine, toujours en éveil, cherche à percer le nuage qui l'entoure, lorsque nombreuses sont les questions qui affluent à leurs lèvres et sont posées aux papas et mamans par ces gentilles petites bouches qui se tendent, indiscrètes parfois, toujours intéressantes, et que de longs baisers viennent clore pour toute réponse, il est bon de leur faire entrevoir ce qu'ils devront être dans l'avenir. C'est une époque qui paraît bien lointaine, semble-t-il, et qui cependant est si près d'eux.

Que de jolies choses pourraient nous raconter les bons parents : grands-papas, si souvent questionnés par les garçonnets, qui montent à califourchon sur leurs genoux et se jouent avec la barbe blanche de cette si indulgente et si docile monture !

Que de délicieuses narrations nous feraient les grand'mamans-gâteaux, vraiment incapables de résister aux deux menottes si chères qui les enserrent si fort et si doucement à la fois !!

Ce sont eux, ce sont elles surtout qui peuvent et doivent profiter de ces précieux moments pour commencer cette éducation sociale d'où peut dépendre le bonheur vrai et la prospérité croissante de leur existence, puisqu'ils possèdent les moyens les plus propices à développer dans ces jeunes cerveaux, des plus malléables, les principes fondamentaux de la prévoyance, de l'économie, joints aux joies que procurent la fraternité, l'amour d'autrui.

Le soir, pendant les longues veillées hivernales, alors que, blottis dans vos bras, auprès du foyer, pendant qu'au dehors le vent souffle et passe en cris plaintifs sous la porte de votre chambre, grand'mère et vous, bon papa, contez à vos chers petits enfants ces jolies histoires qui les amuseront et qui leur apprendront à choisir l'une des deux routes qui se dressent sous leurs pas hésitants.

L'une, l'imprévoyance avec son triste cortège de dissipation, de paresse et de débauches qui rend l'homme égoïste, mauvais époux, père sans entrailles, et qui, dans sa vieillesse, le fera honnir et chasser de partout comme un malfaiteur, comme un vagabond que l'hôpital attend, s'il ne vient s'échouer sur les bancs de la cour d'assises.

L'autre, l'économie, la solidarité, d'où découlent les vraies joies, le bonheur sans mélange.

C'est l'adolescent qui, pendant ses études, emploie une partie de l'argent de poche qui lui est remis pour ses menus plaisirs et verse sa cotisation à la Société scolaire. Et plus tard, lorsqu'il aura rencontré sur son chemin l'ange consolateur, l'âme sœur, la compagne aimée de toute sa vie, sous la forme svelte et gracieuse de cette vierge blonde ou brune à qui il donnera tout son cœur, il continuera des versements plus importants.

La maladie pourra venir visiter son foyer,

les secours ne lui feront pas défaut. Enfin, comme conséquence d'une vie droite et régulière, il ne sera pas rare de le voir arriver à un âge très avancé. Il se sentira tout heureux de n'être pas à charge à ses enfants, sa modeste retraite de sociétaire venant grossir le budget familial, et ses vieux jours s'écouleront doucement. Puis, il aura la joie si douce de voir à son tour grimper sur ses genoux ses petits-enfants, qui lui rappelleront sa jeunesse, et dans ses petites-filles, si joliettes, il revivra l'épouse bien-aimée qu'il était si fier et si heureux de sentir appuyée sur son bras au jour déjà si loin de leur premier baiser de fiancés.

Leurs premiers Pas.

⋆⋅⋅❈⋅⋅⋆

DOULEURS vaillamment endurées, peines du jour et de la nuit sans cesse renaissantes, larmes amères silencieusement versées au chevet d'un berceau, un faible rayon de soleil, une petite joie d'un instant suffisent pour que vous ne soyez plus que lointaines et vagues dans le souvenir des mamans. Et quelle ivresse pour leur cœur lorsque vous les caressez de vos premiers bégaiements, lorsque vous les remuez si délicieusement par vos sourires qui laissent à vos joues roses ces jolies fossettes, vrais nids aux baisers, et quand enfin vous essayez un jour vos premiers pas !

Oh ! les joyeux éclats de rire égrenés dans la chambre où, titubant, tel un petit homme en

gaîté, vos jambes si menues, si délicates, flageo-
lent et se plient cent fois sous le poids d'une
tête trop lourde et qui s'écraserait bientôt par
terre si deux bras, avidement tendus, ne la
retenaient au passage.

Dix mois, un an, quelquefois plus, se sont
écoulés depuis le jour où, si impatiemment, si
ardemment attendu, vous avez fait entendre
votre voix si chère, gros Henri, ou vous gracile
et si mignonne Marguerite.

Depuis, des jours bien sombres, bien noirs
parfois, ont passé, et c'est à peine si quelques
timides clartés ensoleillées sont venues visiter
la pauvre maman et son enfant, cependant que
le père s'en est allé gagner péniblement quelques sous pour sa petite famille.

Ah! ce n'est pas sans avoir bien souvent,
dans la journée, essuyé son front ruisselant de
sueur qu'il a pensé que là-bas, dans la maison-
nette, il avait laissé avant le lever du soleil
deux êtres bien chers et dont le souvenir, fréquemment évoqué pouvait seul ranimer son bras
affaibli. Sa journée enfin terminée, il s'ache-
mine, à la nuit tombante, vers son logis. Ses
jambes, bien lasses pourtant, s'agitent rapide-
ment; il marche plus vite, toujours plus vite.
Encore quelques pas et il pourra presser bien

fort dans ses bras robustes sa compagne si douce, si tendrement dévouée. De ses lèvres brûlantes, il couvrira de baisers ce charmant bambin dont la tête espiègle s'est retournée soudain vers la porte, qui s'est ouverte sous une poussée bien connue, et qui tend vers lui ses menottes.

Joies pures et simples de la famille, vous êtes l'image parfaite de ce que peut procurer l'union jointe à l'amour, qui trouve sa récompense dans un sourire, dans un baiser.

La bonne ménagère a posé sur la table la soupe fumante et fleurant bon ; mais ni le père ni la mère ne se hâtent de la savourer. Ils sont là haletants, retenant leur souffle, devant leur cher petit qui, mis à terre, fait des efforts sans nombre pour s'élancer dans les bras qui se tendent vers lui et l'appellent.

Doucement, mon trésor…, pas si vite ! attention ! Enfin ! un gros soupir s'est échappé de sa poitrine, et bébé tout surpris est allé s'échouer dans les bras de son papa, qui le presse à l'étouffer tant son bonheur est grand, tant sa joie est profonde d'avoir été choisi.

Et ses petites menottes, délicieusement chatouillées par la barbe où elles se perdent, sont couvertes de baisers !

Marchéz, gentil lutin, grandissez en âge et en sagesse. Papa, maman, vous montreront la bonne voie qu'il faudra suivre un jour pour devenir à votre tour un époux modèle, un bon père de famille qui saura se rendre utile aux siens et à ses semblables.

Berceaux et Berceuses.

Dans les ménages riches ou pauvres, dès que la future maman peut compter les jours, trop longs à son gré, qui la séparent de la naissance du tant désiré, elle s'emploie bien souvent à la confection du trousseau.

Layettes brodées ou langes grossiers sont préparés par les mains maternelles avec un égal amour. En guidant le crochet ou en tirant l'aiguille, les mamans sourient à cette petite créature à laquelle elles donneront le meilleur de leur être.

Elles pensent aussi à la couchette où, de leurs mains délicates, elles déposeront doucement leurs bébés, lorsque, leurs paupières closes par le sommeil, elles devront s'en séparer pendant quelques instants.

Qu'ils soient tissés avec des fils de soie et d'or, qu'ils soient garnis de fines mousselines et dentelles ou entourés de simples rideaux de serge, ces petits lits, où reposeront les chérubins adorés des mamans, sont l'image d'une faiblesse bien chère que l'on doit aider et protéger. Comme vous aimez à les contempler, à les dorloter, heureuses mamans ! et votre bonheur n'est-il pas des plus enviables ?

Pour la félicité des mamans pauvres, pourquoi ne créerait-on pas l'œuvre des berceaux ?

Dans les familles où l'heureux avènement s'est déjà accompli depuis trois ou quatre ans, n'est-elle pas touchante cette sollicitude fraternelle de garçonnet ou de petite fille attendant le réveil de bébé ? Ils s'avancent timidement sur la pointe des pieds, évitant de faire craquer le parquet sous leurs pas trébuchants. Ils tendent avidement leur cou vers le berceau, et leurs yeux plongent curieusement à travers le fouillis de dentelles. Ils portent leurs menottes à leurs lèvres comme pour imposer silence, et s'extasient devant cette petite bouche qui remue gloutonnement, mais en vain, et cherche le sein maternel absent ; ou bien ils contemplent la sœurette dont la jolie frimousse s'est enfouie sous les flocs de rubans.

N'est-elle pas délicieuse cette scène familiale, vieille comme le monde et cependant toujours nouvelle ?

Ainsi les jours s'écoulent, faisant place à d'autres joies semblables. Les mamans et leurs petits enfants ne se lassent jamais d'aller voir dormir ou de surprendre le réveil de ces tout petits dans leurs riches couchettes ou leurs berceaux d'osier.

Et le soir, quand doucement bercés dans vos bras, jeunes mamans, vous appelez le sommeil qui ne vient pas clore assez vite ces paupières rebelles ou capricieuses, lorsque vos tendres baisers essaient en vain de fermer ces lèvres d'où s'échappe un cri plaintif, vous fredonnez bien près de ces mignonnes oreilles les berceuses chantées autrefois par vos mamans : « Dodo, l'enfant dort... Fais dodo, Colin petit frère !.. » Mais les yeux restent grands ouverts et les cris redoublent de plus belle. L'enfant souffre, bébé n'entend pas ces naïves chansons. Alors, pressant sur votre poitrine ce petit corps qui se raidit, se tord, vos lèvres s'appuient plus fort sur ses lèvres, votre voix se fait encore plus douce, plus tendre, et de votre cœur de mère

idolâtre et profondément aimante un chant
nouveau s'échappe et apaise le petit rebelle.
Comme par enchantement ses cris ont cessé, et
les pleurs séchés par les baisers, votre voix
susurre doucement à son oreille comme un
chant plaintif qui s'éteint peu à peu :

Dans son petit lit blanc,
La paupière close,
Qu'il est beau mon enfant,
Mon bébé tout rose !
Dors en paix, mon agneau,
Maman te surveille.
Gardien de ton berceau,
Son amour veille !

Délicieusement bercé par la voix maternelle,
au son de cette musique charmeuse, bébé laisse
échapper un dernier soupir, bébé s'est endormi.

Jouets et Bonbons.

ST-IL tableau plus charmant, joie plus saine et plus grande, que de voir toutes ces petites figures riantes, les grands yeux noirs ou bleus de tous ces bambins et fillettes, agrandis, irradiés par la convoitise de ces mille jouets et bonbons qu'ils attendent pour leurs étrennes, au jour de l'an?

Regardez les mines réjouies et heureuses des garçonnets, leurs battements de mains, leurs trépignements à la vue d'un chemin de fer, d'un cheval mécanique, d'un fusil, etc.!

Combien profonde est la joie des fillettes de recevoir un ménage complet, une grande et belle poupée tout habillée; et n'est-elle pas

touchante cette sollicitude de petite *mère* pour
sa *fille*, qu'elle dorlotera, qu'elle bercera en
chantant, qu'elle fera dormir ou à qui elle
essayera d'apprendre à parler!!!

Jour heureux, jour de bonheur pour les enfants. Consolation, vanité satisfaite des parents
riches surtout!

Enfants favorisés, qui êtes nés dans l'opulence, à qui rien n'a jamais manqué, et dont
les caprices les plus nombreux sont toujours
satisfaits, pensez à vos petits camarades pauvres, dont les mamans auront le cœur bien
gros et les yeux remplis de larmes lorsqu'elles
passeront devant les étalages somptueux où
jouets et bonbons sont étalés. Elles regarde-
ront d'un œil d'envie et penseront, le cœur
étreint, à ces chers petits qui, à leur rentrée
d'une course infructueuse pour le travail, de
plus en plus rare et de moins en moins rému-
nérateur, se suspendront à leurs cous, les
entourant de leurs menottes, et leur disant de
cette voix si douce, si douce que plus abondants
couleront leurs pleurs : « Maman, petite maman
chérie, as-tu pensé à ta Louisette, que tu
aimes tant et qui t'adore? Que lui portes-tu?
As-tu acheté à ton Georges le beau fusil qu'il
te montrait dimanche au grand bazar? »

Et ne craignez-vous pas que cette grande joie, escomptée depuis de longs jours par tous ces chérubins, jeunes et beaux comme vous, mais aussi envieux que vous, ne se change en sanglots profonds, et que les caresses, bien tendres pourtant, de leurs mamans, ne parviendront pas à faire cesser?

Jeunes enfants riches, et dont le cœur sait sentir ce qu'il y a de grand, de noble et de généreux à venir en aide à plus faibles et plus déshérités que vous, dites bien à vos bons parents, de cette voix câline, à laquelle l'on ne sait pas résister : « Papa, toi qui es aussi bon que riche, toi qui as voitures et chevaux, toi qui, pour satisfaire tes plaisirs et les nôtres, jettes l'or à pleines mains, sans compter; maman, maman chérie, toi dont les moindres désirs sont exaucés, toi qui ne sais rien nous refuser, pense à nos petits camarades pauvres. Tous les deux, fondez l'Œuvre des jouets pour les petits miséreux, et pour la joie que vous leur aurez ainsi donnée, pour la paix que vous aurez fait descendre dans le cœur de leurs pauvres mamans, et dont vous aurez fait sécher les larmes, nous vous bénirons, nous vous chérirons plus encore, et quand vous nous conduirez dans ces salles spécialement aménagées pour la distribution annuelle des jouets et bonbons, au jour de l'an, aux enfants déshérités, nous irons joindre nos rires aux leurs, bien heureux si, de cette façon, nous avons pu acquitter une faible part de notre dette sociale. »

Légende pour Noël.

Il était une fois, au fond de la Bretagne,
  Entouré d'un grand bois, un vieux, très vieux castel.
Et, perdue à ses pieds, au sein de la montagne,
Une petite hutte, abri des Kergastel.
Autant la douairière était riche, était bonne,
Seule dans son manoir, triste et sans un enfant,
Autant le sabotier était pauvre, et personne
A la hutte sans pain ne blasphémait pourtant.
Sans se lasser jamais, la noble châtelaine
Donnait à ses vassaux le sourire et le pain.
Dieu les avait dotés, pour adoucir leur peine,
D'une charmante enfant : Jeannic, un chérubin !
Blonde, elle avait quatre ans. C'étaient là leurs richesses.
Mais comme elle était belle avec ses grands yeux bleus !
Ses boucles sur son front provoquaient les caresses,
Que ses pauvres parents lui prodiguaient tous deux.

Or, c'était de Noël la pieuse veillée,
Pour l'endormir, la mère, en tournant son fuseau,
Redisait à l'enfant près d'elle agenouillée :

 — Pour que Noël emplisse ton sabot,
 Joins tes deux mains et dis-lui bien, ma fille :
 « Petit Noël, toi qui nous connais tous,
 « Songe aux enfants, protège leur famille ;
 « Pour t'implorer, vois, je suis à genoux.
 « Donne à chacun : à l'orphelin, sa mère ;
 « Au chemineau, le pain, le coin du feu ;
 « Du sabotier, éloigne la misère ;
 « Tu le peux bien, toi qui descends de Dieu ! »

Et gentiment alors, on put voir la mignonne
Joindre ses blanches mains et diriger ses yeux
Vers le grand Christ de bois, près du lit de cretonne,
Offrant son petit cœur en holocauste aux cieux.

Mais, lourde de sommeil, se ferme sa paupière,
Qu'elle tient entr'ouverte en un dernier effort :
« Petit Noël..., pour moi..., donne... poupée... à... mère ! »
Et, dans ses bras ouverts, le chérubin s'endort.
A ce dernier souhait, s'oppresse sa poitrine,
La pauvre mère épand les pleurs tant retenus,
Car la cassette est vide et la noire famine
Règne dans le logis où le pain bis n'est plus.
Et, pressant sur son cœur son seul trésor, sa fille,
Elle imprime à son front un long baiser, bien doux,
Puis, à son tour s'endort !...

     Paix, paix à la famille !
Cloches, carillonnez ! grands, petits, à genoux.
Sonne, sonne, minuit ! C'est l'heure du mystère.

Soudain la porte s'ouvre. En son long manteau noir,
Souriante, apparaît une seconde mère,
Espoir des malheureux, la dame du manoir.
Elle a tout entendu. Sublime providence,
Semant de tous côtés le bonheur, le secours,
Elle emplit la cassette, et voici l'abondance
Se fixant dans la hutte aujourd'hui pour toujours.
Dans le berceau d'osier où s'endort la fillette,
Repose une poupée avec de longs cheveux.
Demain, pour son réveil, Jeannie, la mignonnette,
Dira : « Petit Noël est descendu des cieux ! »

Les Pouponnières.

LA Mutualité, cette fée bienfaisante dont une auréole de bonté projette les rayons réconfortants sur tout ce qui a trait aux nombreuses misères et aux besoins sans cesse renaissants de notre pauvre humanité, la Mutualité n'a pas voulu que son œuvre fût incomplète.

Par tous les moyens dont elle dispose, elle tend une main secourable aux faibles, aux déshérités.

Née d'hier, *le Pain de la Mutualité*, cette œuvre admirable due à l'initiative d'un de nos plus dévoués mutualistes, M. Pierre Lacroix, ne compte déjà plus les bienfaits dont elle est devenue une source inépuisable pour les familles privées momentanément par la maladie, du soutien principal, le père.

Malgré cette impuissance passagère, le pain ne manquera plus sur la table autour de laquelle des petites bouches affamées viennent prendre place.

Au *Pain de la Mutualité* est venue s'ajouter *la Goutte de Lait*, qui supplée à la mère affaiblie ou dont le sein est tari.

Que de misères pourront ainsi, désormais, être sinon supprimées du moins atténuées dans une large mesure, grâce à des hommes dévoués et bons.

Ainsi, tous les jours, naissent de nouvelles œuvres mutualistes.

Il en est une sur laquelle j'appelle d'une façon plus spéciale l'attention de nos aimables lectrices, c'est l'œuvre si belle, si éminemment française des *Pouponnières*.

La Mutualité serait incomplète si elle ne vivifiait sa mission généreuse en ouvrant tous grands ses bras aux petits enfants.

Combien de ces pauvres bébés ont coûté la vie à leurs mères, qui les aimaient déjà avant de les connaître ! et combien d'autres mamans, échappées à la mort, versent de larmes amères pour élever leurs fils et les voir grandir à leurs côtés ! Le travail quotidien les entraîne loin de la maison, et les tout petits restent seuls, privés de soins et de caresses.

Un jour, une femme admirable de bonté, Mme C. Charpentier, créa la première pouponnière, où, recueillis et soignés par des mains habiles autant que bonnes, des enfants peuvent désormais attendre le retour de leur mère. Depuis, l'exemple est devenu contagieux.

Aux pouponnières ont succédé les pouponnières. Nombreuses sont déjà les villes qui en possèdent. Notre Sud-Ouest n'est point resté en arrière, mais ce n'est pas assez. Il faut que toutes les villes, je dirai même tous les cantons, possèdent leur pouponnière.

C'est aux Sociétés de secours mutuels à provoquer leur création.

Mesdames, vous à qui la fortune a toujours souri, et qui, heureuses, penchez votre tête sur le berceau de votre enfant, que vous aimez à regarder dormir; vous qui souvent, à son réveil, si gentiment guetté, jouez avec cet être si cher et si tendrement aimé, pensez que d'autres mères ne peuvent allaiter leur enfant; songez qu'il en est que l'impitoyable et cruelle faucheuse a emportées, laissant orphelins des petits semblables aux vôtres.

Que deviendront-ils si des mains ne se tendent vers eux et ne les emportent dans ces refuges où des soins leur peuvent être donnés?

Voyez leurs petites figures souffreteuses, leurs traits tirés, leurs yeux abattus, et si vous les abandonnez, la France, cette autre mère, n'aura plus autant de fils pour la défendre, de filles pour aider leurs époux et les aimer.

Mesdames, créez des pouponnières et vous serez bénies par tous ces charmants petits bambins qui ne demandent qu'à vivre et que vous aurez sauvés.

Il était intéressant de signaler une œuvre aussi belle et aussi digne d'encouragement. C'est un devoir qu'il m'est doux et agréable d'accomplir.

L'Enfant et la Mésange.

IL n'y a pas que chez les hommes, êtres prétendus doués de raison, que l'on pratique la solidarité, et ce n'est pas rare de rencontrer chez les animaux des traits charmants qu'il est bon de rappeler quelquefois. Or, j'ai pensé faire œuvre utile en narrant un fait qui joint à sa joliesse le grand avantage d'être la reproduction de la vérité.

C'est une mutualité touchante que je dédie à ceux — peu nombreux il est vrai — qui n'aiment pas les animaux.

Un jour, une petite mésange, échappée miraculeusement au massacre de son nid par un oiseau de proie, fut recueillie par une fillette, dont les soins délicats et constants sauvèrent la vie de l'oiselet.

Quand il put faire ses premiers pas en voletant, la petite fille lui ouvrit toute grande la fenêtre de sa chambre, où elle le tenait en pension, et, après avoir déposé sur sa mignonne petite tête un long baiser, elle lui rendit la liberté.

Chaque fois que l'enfant sortait, la mésange, qui perchait à quelques pas de l'habitation de sa jeune bienfaitrice, venait gentiment se poser sur son épaule et, au milieu de joyeux cris poussés, de battements d'ailes, lui donnait force petits coups de bec, semblant ainsi lui manifester toute la joie qu'elle avait de la revoir et lui prodiguer des marques de reconnaissance.

Et les jours succédaient aux jours, et l'enfant et la mésange se rendaient de réciproques caresses !

La fillette, qui avait six ans, tomba gravement malade et s'alita.

Depuis lors, la mésange ne quitta plus la chambre de l'enfant, et quand, un mois plus tard, un petit cercueil s'achemina, couvert d'un drap blanc parsemé de fleurs et de couronnes, vers le cimetière du village, on la vit voleter d'arbre en arbre jusqu'à l'endroit où la tombe était ouverte.

Quelques jours plus tard, le frère de la morte releva le cadavre rigide de la pauvre mésange, à moitié enseveli parmi les fleurs.

L'oiselet n'avait pu survivre à la perte de sa petite maîtresse.

Pâques Fleuries.

Il y a bien longtemps que les rues de Jérusalem, envahies par une foule enthousiaste, résonnèrent sous des cris d'allégresse poussés au passage de Jésus le Nazaréen. Et depuis, de siècle en siècle, s'est répercuté l'écho des mêmes acclamations pour ce grand philosophe populaire, dont les préceptes, faits de bonté et d'amour, ont pu servir de base fondamentale à la belle cause que nous défendons et que nous appelons du beau nom de solidarité.

Quel enseignement fécond et grand dans sa simplicité que le « Aimez-vous les uns les autres! »

Et ne sont-ils pas plus à plaindre qu'à

blâmer, les égoïstes qui se refusent à goûter à la joie profonde d'aimer en aidant son semblable?

Hosanna! gloire au fils de David! Des milliers de bouches clamaient ainsi leur espérance de voir enfin secoué le joug trop lourd d'un César. Les rues étaient jonchées de feuillages et de fleurs, et les rameaux d'oliviers, symbole de paix, s'agitaient de toutes parts en signe d'allégresse.

C'est ce souvenir de résurrection et de délivrance sociales que semble perpétuer chaque année cette grande fête des Rameaux, fête plus spéciale à nos chers petits, Pâques fleuries!

Longtemps à l'avance ils y pensent, et nombreuses sont les questions qui se pressent à leurs lèvres curieuses. Comment sera garnie la grande branche de laurier ou de buis qu'ils seront si fiers, si heureux de porter triomphalement en ce grand jour.

Et quand maman l'aura choisie, bien belle, bien fleurie, de ses mains délicates elle attachera ces mille riens qui en feront l'ornement tant envié. Les œufs multicolores, les fruits rouges, les gâteaux savoureux et parfumés s'entrecroiseront avec les rubans soyeux, les fils étoilés, les guirlandes étincelantes.

Mais bébé, insatiable, ne semble jamais satisfait : encore maman, plus encore ! et l'arbuste qui plie sous son trésor de richesses sucrées, se métamorphose sous les doigts habiles de la fée maternelle.

Les chers petits lutins battent alors des mains, trépignent de joie à la vue de tant de merveilles. Leurs joues se colorent, leurs yeux s'irradient, leur voix se fait entendre et dit combien grande est leur reconnaissance pour tant de largesses. Bien forts et répétés claquent de longs baisers, qui vont payer au centuple ces nouveaux sacrifices.

Quel délicieux spectacle que toutes ces mignonnes têtes blondes et brunes qui disparaissent à moitié sous les feuillages scintillants aux rayons d'un soleil d'avril, qui les dore.

Quel coup d'œil charmant que les rues de la cité sillonnées par ces enfants revêtus de leurs plus beaux habits, et les chemins verdoyants des campagnes où les petits villageois vont en longue procession, agitant leurs rameaux garnis.

Avec Pâques fleuries, grands et petits ressuscitons à une vie nouvelle.

Que notre joie soit de devenir encore meilleurs, et notre constante préoccupation, de guider dans la voie du bien ces tout petits qui nous sont chers et auxquels l'avenir réserve de rudes épreuves, que notre virile prévoyance peut et doit adoucir.

Les Orphelins.

PARMI ces chers petits que je me plais à défendre de mon mieux et en faveur desquels j'appelle tous les dévouements, toutes les bonnes volontés pour les aider à franchir la première étape de la vie, il en est qui me paraissent particulièrement intéressants : ce sont les orphelins.

Les uns, les plus malheureux, n'ont plus ni père, ni mère, et sont par là même privés de l'aide et de la protection la plus élémentaire; les autres, non moins à plaindre, ont seulement perdu leur maman.

Je n'aurai garde de contester aux pères de famille leur sollicitude affectueuse et leur dévouement constant pour leurs enfants; mais on ne saurait nier que le père le meilleur, le plus tendre, je les crois d'ailleurs tous bons, ne saurait, malgré tout, entourer ses enfants des mêmes prévenances et avoir pour eux les mêmes délicates attentions que les mamans.

Lorsqu'il reste seul avec de petits garçons, auxquels le sein maternel n'est plus nécessaire, le chef de famille prévoyant et économe suppléera de son mieux à l'absence de la mère, et les soins matériels ne feront point défaut à ces petits êtres besogneux; mais si la maman est morte laissant des fillettes, le père ne parviendra qu'imparfaitement à remplacer celle qui n'est plus et qui était tout pour ces natures sensitives et délicates.

Que dire, à plus forte raison, de ces enfants qui sont privés de la protection d'un père, des caresses d'une mère? Ah! combien sont tristes ces demeures, naguère si pleines de vie et de gaîté, où l'ordre le plus parfait, la propreté la plus grande, régnaient en maîtres, et que l'impitoyable mort est venue plonger dans le deuil et la consternation!

Qu'allez-vous devenir, pauvres petits, désormais privés de ces douces caresses maternelles?

Où êtes-vous jours heureux, jours ensoleillés, où vos jeunes têtes, confiantes et pleines d'un si charmant abandon, restaient câlinement blotties sur cette chère poitrine dans laquelle battait si fort, si tendrement pour vous, ce pauvre cœur à jamais éteint et que la terrible faucheuse est venue glacer?

Sans doute, enfants, s'il vous reste, votre bon père travaillera avec une nouvelle ardeur pour subvenir aux besoins journaliers et pressants de sa petite famille. Sans doute, il essayera de faire oublier l'absence de cette mère aimante et dévouée, de cette compagne qu'il s'était choisie et dont il connaissait toute son idolâtrie pour vous.

O souvenirs de liens si doux, anneaux d'une chaîne trop tôt brisée! parviendrez-vous à donner à ce père cette délicatesse, cette sollicitude qui n'appartiennent qu'aux mamans?

Petits orphelins, vous nous êtes très chers, et nous ne saurions rester indifférents au malheur qui vous a si cruellement frappés.

M'inspirant de ce que fait la caisse de l'orphelinat de la Société Philadelphique de Saint-Germain-en-Laye (Seine-et-Oise), j'appelle la bienveillante attention de tous ceux qui ont à cœur le bien-être social de ces petits déshé-

rités, et je leur crie : Fondez dans vos Sociétés
des sections spéciales pour orphelins partout
où votre actif dévouement peut s'exercer.

Qu'importent les difficultés ! Le mérite est
d'autant plus grand que les écueils auront été
plus durs à franchir.

Les enfants des riches, membres fondateurs,
les enfants des ouvriers, membres honoraires,
et les petits orphelins, membres participants,
formeront une trinité charmante. Ainsi ap-
puyés les uns sur les autres, ces enfants, unis
en une même pensée de solidarité fraternelle,
éveilleront partout une émulation et un exemple salutaires. Une fois de plus, notre belle
France sera enviée et admirée par toutes les
nations civilisées.

Maternité.

En traçant ce mot si simple et si grand à la fois, il évoque à nos yeux, il grave en notre cœur l'image si douce et si belle de celle qui est encore ou qui fut notre maman!

Maternité! Mot sublime qui retrace si éloquemment toutes les douleurs, toutes les angoisses et les joies pourtant si grandes que nous avons coûtées à nos pauvres mamans!

Il m'est bien doux d'esquisser ici, en quelques lignes et à grands traits, un chapitre qui nous rapproche tous en un même élan d'amour filial, en une même pensée de gratitude et de reconnaissance fraternelle pour ces créatures si bonnes, si généreuses, si ardemment dévouées, qu'on appelle les mamans!!!

Chères, chères mamans, qui nous aimez déjà avant de nous connaître, et qui nous gâtez toujours et toute notre vie!

Vos flancs ont à peine tressailli sous la poussée de la fibre la plus légère qui vous annonce que nous sommes là, qu'aussitôt votre être tout entier s'attendrit, s'émeut, s'inquiète.

Des transes les plus douloureuses, vous passez en quelques instants à la joie la plus vive, la plus intense.

Que ne ferez-vous pas alors? Que ne rêvez-vous pour le bonheur de celui ou de celle que vous attendez si impatiemment?

Oh! les nombreux et beaux projets!!!

Si c'est un garçon, mamans ambitieuses, vous travaillerez, vous peinerez sans trêve ni repos pour amasser sou à sou ce qu'il faudra pour l'élever, pour l'envoyer un jour au lycée, quand, trop tôt pour vous hélas, les éternelles sacrifiées! il faudra l'arracher de vos bras aimants pour le confier aux maîtres qui s'emploieront à développer sa jeune intelligence, parfois rebelle, et le pousser dans l'étude des lettres et des sciences, afin de l'aider à se créer une situation honorable, si vous ne rêvez peut-être d'en faire *quelqu'un!*

Heureuses encore si, après les plus grands

4

et les plus durs sacrifices, vous arrivez enfin à caser ce fils, qui, péniblement, à son tour, gagnera sa vie et s'efforcera d'adoucir un peu votre vieillesse, d'autant plus malheureuse, que vous aurez sacrifié pour lui votre jeunesse, votre santé pour le voir grandir et prospérer.

Si c'est une fille, vos efforts tendront à l'élever de votre mieux ; mais au prix de quels tourments, de quelles préoccupations !

Combien souvent s'étreindra votre cœur lorsque, penchées sur sa couchette, mères anxieuses, vous épierez le sommeil agité de ce faible enfant que la maladie a cloué là ; quelles pensées sombres viennent assaillir votre front brûlant de fièvre !

Pauvres mamans ! Toujours bienveillante et sublime providence, soyez à jamais bénies ! En une même tendresse, qu'un élan unanime d'amour filial nous unisse tous pour vous acclamer, saintes et sacrées !

Et c'est pour cela qu'écoutant naguère la thèse que soutient au théâtre M. Brieux, dans *Maternité*, j'ai cru bon de retenir et de relater ici, en l'honneur des mères ou de celles qui le deviendront un jour, ce cri sublime qui doit faire vibrer le cœur de tous les enfants : « La maternité doit nous être sacrée, quelle qu'en soit l'origine. »

Haut les cœurs, et que notre vénération s'étende à toutes les mamans sans exception.

La Légende des Fleurs.

Sur les rives ombreuses de la Garonne, dont le cours sinueux et les bords pittoresques ont été si délicieusement chantés par les bardes gascons, à quelques centaines de mètres du vieux castel qui abrita la jeunesse du roi vert-galant, apparaissent aux yeux ravis des touristes, toujours avides de sensations nouvelles, de superbes métairies, de spacieuses et riches fermes respirant la prospérité, la vie.

Des prairies verdoyantes, parsemées de mille fleurettes, sillonnées de petits ruisseaux, s'étendent à perte de vue.

Le murmure doux et monotone d'une eau limpide qui tombe en cascade de cailloux en cailloux berce les hôtes ailés des buissons.

Couchées côte à côte sous les grands ormes et les hauts peupliers qui bordent la rivière, sommeillent les douces brebis au lainage touffu, cependant que leurs jeunes agnelets gambadent à travers les herbes fleuries.

De loin en loin, des troupeaux de blanches génisses paissent sous la garde vigilante d'un vieux pâtre, fidèlement secondé par son chien.

Un doux zéphyr se joue à travers les rameaux des arbres et raffraîchit l'air surchauffé par les rayons ardents d'un soleil estival.

Les nénufars et les iris émergent du sein des eaux, parmi les roseaux.

Les abeilles butinent de fleur en fleur et passent, rapides, en bourdonnant. Les papillons volettent en longues farandoles.

Sur les sillons tombent en grappes gonflées les épis dorés que tranchera bientôt la faucille des moissonneurs.

Dans les rustiques et blanches habitations, qu'ombragent la vigne vierge et les glycines, les ménagères vaquent aux soins domestiques.

De nombreuses familles sont nées là et ont habité, de génération en génération, ces mêmes demeures, qui ont toujours été aussi hospitalières aux enfants et aux petits-enfants de cette grande ruche ouvrière.

Cependant, en l'an 1835, malgré les prairies verdoyantes et les troupeaux paissant, et les abeilles bourdonnant, et les papillons se jouant dans les airs, et les blés n'attendant que les moissonneurs robustes et les graciles moissonneuses, les visages restent tristes et sombres, et toutes ces merveilles de la nature ne parviennent pas à dérider les fronts soucieux.

Ah! c'est que parmi toutes ces jeunes épousées depuis deux ans passés, aucun sourire d'enfant n'est venu, aucun vagissement ne s'est fait entendre, et la tristesse a fait place à la joie. Le foyer familial semble maudit, et les chansons ne viennent plus ouvrir ces lèvres si jeunes et si fraîches!

Un dimanche soir, au crépuscule, alors que les clochettes du monastère voisin ont égrené leur dernier tintement, on vit s'avancer, comme des ombres, une dizaine de jeunes femmes se dirigeant vers la fontaine, bien connue à plus de vingt lieues à la ronde pour ses vertus merveilleuses en faveur de la maternité.

Autour de la source régénératrice, des mains pieuses ont jeté des gerbes de feuillages et de fleurs. La rose France, la Gloire-de-Dijon, le Bouton d'or, la Maréchale-Niel, marient leurs

riches couleurs au lis, au jasmin, au chèvre-
feuille.

Silencieuses, les jeunes épouses marchent les
yeux baissés et appellent de tous leurs vœux
cet être qui doit faire tressaillir leurs flancs et
dont les caresses doivent être si douces !

Et là, parmi les feuillages et les fleurs, les
épouses, aux longs cheveux épars, dans un élan
d'amour maternel, tombent à terre et boivent
avidement cette eau vivifiante et procréatrice.

Enfin, désaltérées, elles se relèvent les yeux
irradiés par la surprise et la joie. Au milieu
des pétales des roses et des lis émergent de
petites têtes blondes et brunes d'enfants, dont
les doux vagissements emplissent leurs cœurs
d'une indicible tendresse.

Elles se précipitent et soulèvent de leurs
mains tremblantes ces frêles et délicieuses petites créatures qui leur tendent les bras.

Une fois de plus, la source merveilleuse a
jailli et fécondé le sein vivifié par l'amour
maternel qui germe dans les foyers unis et tra-
vailleurs.

Soupes Enfantines.

DE l'hygiène et encore de l'hygiène ! Tel est le cri quotidiennement poussé en ce siècle de progrès et de lumière. Je n'aurais garde de m'en plaindre, et c'est pourquoi je suis heureux de faire connaître une coutume vraiment hygiénique et populaire des plus intéressantes pour nos jeunes écoliers : je veux parler des soupes distribuées à midi aux élèves des campagnes.

Cet usage, bien digne de stimuler les protecteurs de l'enfance, n'est, à vrai dire, pratiqué que dans certaines contrées de la France. Il serait à désirer de le voir se répandre dans toutes les communes.

En Bretagne, cette presqu'île si pittoresque,

et si hospitalière en même temps, il est on ne peut plus curieux et touchant de voir, quand la cloche de l'école a jeté dans les airs le dernier signal du départ de la classe, cette fourmilière de gamins et de fillettes se presser autour de la maîtresse de la maison, où une soupe leur a été préparée, et tendre vers elle leurs petites mains bleuies par la bise du nord.

Quel tableau charmant, bien fait pour tenter le pinceau d'un de nos grands maîtres ! Quelle jolie scène vécue que ces écuelles de grès garnies de pain bis sur lequel vient tomber un bouillon bien chaud, fumant et fleurant bon !

Cette nourriture si simple, dont les médecins préconisent à l'envi les bienfaits aussi nutritifs que digestifs, revient à très bon marché. Quelques sous par mois et par enfant suffisent en effet à rémunérer la fermière, nouvelle sœur de charité, qui veut bien se charger de nourrir en passant cette nombreuse et turbulente famille.

Il n'est pas rare de voir cette maman nourricière attacher une importance spéciale et des soins touchants à cette tâche quotidienne.

J'ai gardé souvenance d'un coin perdu du Finistère, modeste hameau caché à une dizaine de lieues de Brest. Là, une vieille bretonne se dévoue depuis de longues années, de concert avec l'institutrice, à la confection de la soupe hivernale des enfants des écoles de cette commune.

Elle est toujours fidèle au poste qu'elle s'est assigné, attendant chaque jour le moment où toutes ces petites bouches affamées viennent se tendre vers elle. Avec quelle sollicitude maternelle elle donne à chacun sa part, et si parfois ses sourcils se froncent, c'est qu'elle a vu l'un de ses pensionnaires bousculer quelque peu un des tout petits qu'elle affectionne plus particulièrement parce qu'il est faible et maladif; mais son courroux n'est pas de longue durée, et un bon sourire a bien vite fait disparaître ce nuage passager.

Le fait que je signale n'est point isolé, et la Bretagne, pour ne citer que cette partie de la France, possède de nombreuses communes où des soupes sont servies ainsi pendant l'hiver aux enfants des écoles.

Que nos campagnes ne sont-elles toutes dotées d'une mère nourricière pour nos petits écoliers ?

Voici l'hiver avec ses froids et ses brouillards si dangereux pour ces faibles poitrines d'enfants. Songeons à eux et créons dans tous les coins de la France des soupes enfantines.

En ce faisant, nous leur procurerons une

douce chaleur qui descendra comme une manne bienfaisante dans leurs petits corps recroquevillés par le froid et la pluie.

Nous leur donnerons ainsi une nourriture saine et substantielle, leur évitant parfois des rhumes et des bronchites.

Que les mutualistes, dont la mission est d'aider leurs frères, prennent en mains et défendent la cause des tout petits, ce sera le meilleur moyen de leur prouver leur sollicitude, en même temps qu'ils auront contribué à en faire des hommes sains et robustes.

A l'Ecole.

Ces chers lutins dont vous aimez à caresser les têtes blondes ou brunes, sur les fronts desquels vos mains si douces, si légères, se perdent à travers les longues tresses et boucles dorées ou noires comme l'ébène ; ces mignonnes figures dont les yeux bleus comme les myosotis ou bruns et profonds comme l'infini, dans lesquels vous vous complaisez, Mesdames, à plonger vos regards remplis d'une si exquise et ineffable tendresse ; ces êtres qui sont pour vous l'espérance de demain, le complément presque indispensable de votre vie, ces tout petits, enfin, ne sont pas sans vous causer des soucis nombreux.

Ils sont la préoccupation constante qui ne laisse ni trêve ni repos à toutes les mamans.

Les uns, frêles et délicats comme une fleur que les vents inclinent vers la terre, réclament les plus grands soins.

La sollicitude maternelle la plus attentive doit les entourer, les protéger contre tout ce qui pourrait leur nuire au seuil de la vie.

Il ne faudrait plus rencontrer de ces pâles visages d'enfants, aux joues creusées par une souffrance lente, et dont les grands yeux deviennent plus grands encore par le cercle de bistre qui entoure leurs paupières.

Il faudrait arracher tous ces petits corps aux griffes d'un mal qui les étreint, les brise et les conduit fatalement aux portes toujours béantes du tombeau.

Et l'âge le plus critique n'est-il pas toujours celui où l'enfant doit faire ce que l'on pourrait appeler ses premiers pas dans la vie active, l'école?

Ah! certes, dans les villes et les campagnes, depuis un certain nombre d'années surtout, les Comités d'hygiène se sont inquiétés des mesures sanitaires à prendre pour donner à ces ruches humaines la sécurité la plus grande; mais malgré toute la vigilance et le dévouement

des maîtres et des maîtresses qui s'ingénient
de leur mieux à préserver leur précieux entou-
rage des épidémies, il n'est pas rare de voir
des petits écoliers le visage émacié, le front
pâle, les lèvres décolorées.

Je ne suis nullement inquiet sur les soins
préventifs et autres donnés aux enfants riches,
à qui va cependant toute notre sympathique
sollicitude, car leur faiblesse seule est une
raison de nous les rendre chers; nos craintes
vont à ceux dont les mamans, ouvrières, ne
peuvent que bien peu s'occuper d'eux parce que
leurs travaux quotidiens les prennent tout
entières, et je fais appel aux initiatives privées
pour suppléer ces mamans en créant le plus
possible non pas des garderies ordinaires, mais
de vraies maisons de famille pour nos petits
écoliers souffreteux, et que, par les soins constants et intelligemment donnés, nous verrions,
roses et joufflus, trottiner sur les routes, l'œil
vif et pétillant de vie et de santé.

Avec les soins du corps ainsi répartis, les
maîtres et les maîtresses n'auraient plus d'autres soucis que d'inculquer à leurs petits élèves
les premiers éléments de notre langue natio-
nale, cependant que, petit à petit, par des
leçons imagées, ils leur montreraient ce qu'il

y a de beau et de grand à s'unir les uns les autres, à s'entr'aider, à s'aimer, pour devenir forts dans l'adversité et pour mettre en réserve les fruits acquis dans leur jeunesse afin de finir noblement et dans l'aisance une vie toute de travail, d'ordre et d'économie.

Le Noël de Rose.

Ding, ding, ding ! ding, ding, dong ! La cloche caril-
   Réveillant les échos de la plaine au coteau ; [lonne,
Cependant qu'à flocons la neige tourbillonne,
Dessinant sur le sol un lilial manteau.

C'est veille de Noël. Au fond d'une chaumine,
Râlent un vieux pêcheur, sa femme, son enfant.
Si le secours ne vient, la hideuse famine
Saura les terrasser de son aile en passant.

Mais le ciel reste sourd aux prières de Rose,
Chérubin de quatre ans, aux grands yeux bleu d'azur,
A la bouche rieuse, où le baiser se pose,
Et, comme la Madone, offrant un front si pur !

Le silence est profond, Rose s'est endormie
Sur le sein de sa mère encor gonflé de pleurs.
Seuls des baisers brûlants, seule une voix amie,
De la cruelle faim apaisent les douleurs.

Un beau rêve d'enfant visite la mignonne :
La bûche de Noël s'est éteinte au foyer.
Pendant que de minuit le doux carillon sonne,
Le Messager divin a rempli son soulier.

Bonbons, jouets, bijoux... Ah! Dieu! que de richesses
S'étalent tout à coup à ses yeux éblouis!!
Mais son âme s'envole!... oh! tardives largesses,
Trésors tant désirés, rêves évanouis!...

Et, quand revient le jour, sous la neige qui tombe,
Morts de froid et de faim, gisent trois corps raidis.
La chaumine n'est plus qu'une modeste tombe...
Et Rose avec Noël s'éveille au Paradis!

Jardins et Squares.

❈

PRÈS les longs mois d'un hiver gris et plu-
vieux, qu'il est doux et bon d'aspirer l'air
tiède et parfumé que nous apporte le gai printemps avec son délicieux cortège de bourgeons
qui éclatent, de fleurs qui embaument, des
milliers de pâquerettes qui émaillent les tapis
verdoyants des jardins et des squares publics.

'Avec ces belles journées ensoleillées, il
semble que l'on renaît à une vie nouvelle, et,
ainsi que la nature restée engourdie pendant
l'hiver et qui sort de son sommeil léthargique,
secouant enfin notre torpeur, nous apparais-
sons pleins de vie et de santé.

Combien régénératrices et bienfaisantes deviennent alors les promenades des petits enfants dont la santé débile a tant causé de craintes et de soucis à leurs mamans avec le froid, avec la pluie!

Pendant les sombres journées hivernales, rendus prisonniers dans une chambre mal aérée et souvent malsaine, ces pauvres bambins des villes, qu'étiole une atmosphère viciée et dangereuse, souffrent et dépérissent.

En effet, c'est à peine si, craintif et rapide, un pâle rayon de soleil éclaire les demeures où se tiennent blottis les tout petits, dans un carré trop étroit. Avec quel empressement les mamans soucieuses de la santé de leurs enfants les conduisent, dès les premiers beaux jours, dans les jardins et les squares de nos villes.

Ces édens charmants sont un refuge salutaire où se pressent des centaines d'enfants, que l'on a plaisir à voir évoluer à travers les allées, poursuivant un cerceau, lançant un ballon, creusant le sable pour en faire des tas et des tas, sous les yeux attendris des mères ou les regards vigilants de leurs gardiennes. Tous ces bambins, costumés de blanc, de bleu, de rose, offrent un coup d'œil des plus charmants.

Mais pourquoi faut-il que leurs yeux avides

se délectent seuls de ces mille fleurettes et brins d'herbe tendre que leurs menottes brûlent de cueillir ou sur laquelle il serait si bon d'aller se rouler, lorsque les rayons trop ardents du soleil rendent leurs visages écarlates? Sans doute on ne saurait laisser les enfants se livrer à une dévastation générale des arbustes et des fleurs qui sont les ornements naturels et indispensables de ces délicieuses oasis, mais un peu plus d'indulgence et de liberté rendrait ce séjour encore plus agréable à nos lutins.

Les jardins et les squares, créés pour parer et assainir nos villes, devraient être surtout affectés aux enfants des ouvriers. Cette charmante propriété leur paraîtrait plus belle sous la garde vigilante des mamans, qui seraient heureuses de les voir s'amuser et se fortifier peu à peu.

Avec les joyeux pinsons qui gazouillent dans le feuillage, cependant que les pierrots, à peine effarouchés par les allées et venues des promeneurs, se roulent dans le sable fin, comme les hôtes ailés des marronniers et des ormes qui ombragent les jardins et les squares, chers petits amis, prenez vos ébats, reposez-vous dans l'herbe fleurie et le sable doré. Courez après les papillons; comme eux arrêtez-vous un instant pour repartir encore. Ainsi que la diligente abeille ou la fine et alerte demoiselle aux ailes d'or et d'émeraude, allez de fleur en fleur.

De vives et fraîches couleurs se répandront sur vos gracieux visages. Vos yeux seront plus vifs et plus brillants, et quand, lassés enfin par une longue course à travers jardins et squares, vous rentrerez de votre salutaire promenade, avec quel appétit vous croquerez cette large et succulente tartine de pain beurré ou de délicieuses confitures que vous tendra votre bonne maman !

Laissons aux enfants pauvres des villes la plus large disposition des jardins et des squares. Nous préparerons ainsi, pour plus tard, des citoyens forts et robustes, au lieu d'hommes débiles et rachitiques.

La Marche des Petits Mutualistes [1].

Dédié à M. J.-C. CAVÉ,
Créateur des Mutualités scolaires.

D'un vif éclat, la phalange scolaire
Resplendissait. La PETITE CAVÉ
L'a fait grandir sous sa main tutélaire.
Ah! qu'en nos cœurs son beau nom soit gravé.

REFRAIN :

Divine Mutualité!
Source d'eau vive et de noblesse,
Tu rends forte notre faiblesse,
Tu répands la Fraternité.

[1] Le chant seul, musique de M. Guillaume ASTRESSE (Q A), est
en vente, au prix de 0 fr. 20 l'exemplaire, 10, rue Saint-Christoly, à
la Librairie de la Mutualité (Bordeaux).

Voguons, amis ! La brise enfle nos voiles,
Et notre esquif ne craint plus les dangers.
Il touche au port. Prévoyantes étoiles,
Vos feux puissants guident les passagers.

Pour l'avenir, travaillons sans relâche ;
Sur nos plaisirs épargnons quelques sous.
Cette rançon, fruit d'une noble tâche,
A nos vieux jours promet des soins bien doux !

Un écolier prévoyant ! C'est l'image
Du vrai bonheur ; du maître c'est l'orgueil.
Pour ses parents, c'est un constant hommage ;
De la disette il évite l'écueil.

Riche écolier, très royalement donne.
Aux tout petits joins ta fraternité.
A l'orphelin, que le sort abandonne,
Ouvre tes bras, ô Solidarité.

Aimons-nous bien, riches et prolétaires,
Nous serons forts pour gravir le chemin.
De nos devoirs soyons tous tributaires ;
Marchons unis et la main dans la main.

La " Maison de la Mère ".

ON ne saurait jamais trop publier, pour les faire connaître, pour les donner en exemple et les faire aimer, les noms de ces hommes de bien, de ces généreux philanthropes qui emploient le meilleur de leur temps, qui dépensent leur fortune et leur santé pour améliorer le sort des ouvriers, des déshérités.

Il en est un dont les bienfaits ne se comptent plus à Nantes, sa ville natale, et que mettaient naguère encore en relief les belles fêtes de l'Hygiène sociale. Son nom était sur toutes les lèvres et chacun bénissait ce bienfaiteur de l'humanité, M. Durand-Gasselin.

De toutes les œuvres qu'il a créées et qui

toutes sont florissantes, il en est une qui m'a
le plus frappé, parce qu'elle me tient le plus
au cœur, puisqu'elle atteint le but que je pour-
suis : aider par tous les moyens la maman et
l'enfant, c'est la « Maison de la Mère ».

Ces mots si simples sont le symbole d'une
œuvre sublime créée pour les besoins des
mamans pauvres, des mamans ouvrières.

La « Maison de la Mère ! » cela veut dire
refuge-ouvroir pour les femmes enceintes, à qui
des soins particuliers sont donnés ; mutualité
maternelle, qui permet à la maman besogneuse,
moyennant une faible cotisation, de rester chez
elle sans travailler pendant quatre semaines
et d'allaiter elle-même son enfant si sa santé
le lui permet, et, si son sein tari l'empêche de
se donner tout entière à son cher trésor, si ses
forces sont moins grandes que sa volonté, le
lait qui lui manque lui est fourni bien pur, bien
nourrissant, par une vacherie modèle installée
dans un vaste et beau domaine ; consultation
de nourrissons pour diriger les mères, qui
voient les progrès rapides accomplis tous les
jours sous leurs yeux ; pouponnières, crèches,
où sont déposés chaque jour les petiots, pendant que les mamans vont travailler, et qu'elles sont si heureuses de reprendre à la fin de

leur journée de labeur; colonies scolaires de
vacances où, pendant quelques semaines, bien
nourris, choyés par des maîtres et des maîtresses dévoués, ces chers enfants aspirent à
pleins poumons l'air pur et fortifiant des plages
bretonnes ou les senteurs embaumées des
grands pins de la lande armoricaine.

Et voilà l'œuvre admirable dont les bienfaits
s'étendent à la cité nantaise et à ses environs.

Ah! si dans les grandes villes, si dans tous
les grands centres, il se créait aussi des œuvres
semblables, si des hommes de bien s'em-
ployaient à secourir leurs frères, s'ils aidaient
aux mamans pauvres et à leurs bébés, l'impitoyable mort ne prendrait plus les enfants aux
mères, et nous verrions ces milliers de lutins
pleins de santé et de vigueur. Les mamans
n'auraient plus si souvent le cœur endolori de
les avoir perdus.

Comme le disait si éloquemment cet autre
protecteur de l'enfance, M. le sénateur Strauss:
« Il faut faire surgir de nouvelles œuvres de
plus en plus attentives, de plus en plus vigi-
lantes, pour faire qu'aucun foyer domestique ne
soit déserté, qu'aucun berceau ne soit vide,
qu'aucun enfant ne soit sevré des caresses de
la mère et privé du lait maternel. »

Non, les petits enfants ne doivent plus mourir. Il ne tient qu'à vous, Mesdames, dont la fortune et le bon cœur peuvent provoquer la création d'œuvres aussi belles que la « Maison de la Mère », que de semblables malheurs soient à jamais écartés.

Que la belle devise de Guépin, gravée en lettres d'or sur la Maison de la Mère : « Aux déshérités le plus d'amour! » soit votre devise, et vous connaitrez la joie profonde que peut procurer le bien accompli, et vous serez payées au centuple par la reconnaissance de tous ces bambins que vous aurez gardés à leurs mamans.

Conte pour Noël.

ETTE année-là, l'hiver ressemblait bien plutôt au printemps, et on aurait pu croire que les saisons étaient changées. Les vents d'autan ne se faisaient pas sentir; pas un flocon de neige n'était venu tacher de blanc la terre; les ruisseaux coulaient doucement une eau limpide, sans le moindre petit glaçon. Une brise parfumée et tiède agitait les rameaux des arbres séculaires qui bordent l'avenue du vieux castel des Kermoran, perché comme un nid d'aigles au sommet des hauts rochers qui dominent la vallée de l'Odet.

Les jeunes pousses bourgeonnaient, les lilas allaient être en fleurs, et les prairies verdoyan-

tes étaient émaillées de mille fleurettes sur lesquelles venaient voleter, en longues farandoles,
les papillons aux ailes bigarrées.

On se serait cru transporté dans ce lointain
pays, éden charmant, « où la brise est si douce
et l'oiseau plus léger, où dans chaque saison
butinent les abeilles » !...

Cependant à Kerantrec, village de trois cents
âmes, situé près de Quimper en Cornouailles,
l'hiver, sans être jamais bien rigoureux, apporte
chaque année son contingent de frimas nébu-
leux, et la bise du Nord n'aide point aux bourgeons à faire éclater leur enveloppe.

Mais, cette année-là, tout était changé. La
prévoyance sociale, jointe à l'amour d'autrui,
avait été plus que jamais pratiquée dans cette
commune, modèle de solidarité, et, sans doute,
une fée bienfaisante avait commandé de sa
baguette magique aux éléments; si bien que le
printemps avait chassé l'hiver.

Au loin, répercuté par l'écho, on entendait
le son argentin des cloches de la vieille église
paroissiale, cependant que paysans et gentilles
Bretonnes, aux coiffes blanches et flottantes
comme des ailes de goëlands, se paraient de
leurs plus beaux habits pour la messe de minuit,
et en l'honneur de la crèche rustique où, les

bras tendus, reposait le petit Noël de porcelaine, entre le bœuf et l'âne en carton-plâtre.

Jean-Pierre, un jeune gars de vingt-cinq ans, fils unique des Kermarec, était passé prendre Anne-Marie, la jolie fille du meunier Penfaou.

Ils se disaient des choses si drôles, que leur rire avait réveillé les merles et les pierrots qui dormaient perchés dans la haie qui borde le chemin. Les battements d'ailes, les petits cris apeurés des oiselets, avaient redoublé le rire perlé de nos jouvenceaux.

Plus loin, le long de l'Odet, des couples nombreux s'avançaient, causant ou chantant, en langue celtique, des marches ou des cantiques.

Et là-haut, sur le coteau aux rochers escarpés, scintillaient, telles des étoiles, les fenêtres, embrasées du vieux donjon des Kermoran.

La comtesse douairière, aux papillotes soignées, suzeraine aimée de tous ses vassaux, a jeté un dernier coup d'œil dans la vaste salle où elle a fait installer un grand arbre de Noël.

Ah ! tout à l'heure, à la sortie de la messe de minuit, quelle joie pour tous ces bambins et fillettes, en extase devant tant de merveilles étalées à leurs yeux éblouis ! Que de riches présents, et combien grande est la bonté du petit

Noël, qui n'a pas craint, cette année encore, de quitter le paradis pour venir récompenser les enfants sages et prévoyants.

Ding, ding, ding ! Les cloches carillonnent, et toute la population se signant s'est engouffrée dans la petite église resplendissante de lumières. Sous les voûtes, où monte en spirales l'encens, se balançaient des lustres de feuillages, des banderoles blanches et bleues.

Gloria in excelsis... La voix chevrotante du vieux recteur s'est fait entendre, et l'office se poursuit. Chœurs de jeunes filles, répons des enfants, en soutanelles rouges et surplis blancs, se sont croisés, puis l'*Ite missa est* a résonné !

Les fidèles, après une halte devant la crèche, se sont dirigés vers le vieux castel, où les petits enfants ont été conviés au partage de l'arbre de Noël.

Mais, ô prodige ! Sous l'éclat du croissant de lune qui brille à l'horizon, la campagne offrait un coup d'œil féerique ! Les arbres étaient en pleine végétation ; les pommiers fleuris annonçaient une abondante récolte de cidre, que l'on verrait pétillant dans les verres ; les blés, déjà hauts, frissonnaient sous une brise douce et parfumée. C'était le printemps, c'était la vie !

Noël ! Un cri spontané de reconnaissance

s'est échappé de toutes les poitrines, et, profondément touchés à la vue d'une si merveilleuse transformation, hommes, femmes et enfants ont vu en cela le présage manifeste de ce que peuvent procurer la prévoyance, la solidarité et l'amour social.

Travail manuel
et intellectuel.

❦

L'ENFANT, cet être si fragile, si délicat, si menu, dont il semble que la vie ne tienne qu'à un fil, qu'un rien peut en arrêter le cours, l'enfant est employé à des travaux pénibles qui brisent et déforment son corps, qui nuisent à son développement intellectuel et atrophient souvent son cerveau.

Dès l'âge le plus tendre, alors que quelques-uns, les heureux, sont choyés, dorlotés et, disons le hardiment, gâtés par leurs parents, d'autres, les miséreux, les fils d'ouvriers, sont voués à la misère que crée la dure nécessité du gagne-pain quotidien.

6

A la campagne, l'enfant, encore bien jeune, garde les troupeaux; il aide à la cueillette des fruits, aux travaux des champs, à la recherche du bois mort et à de nombreux soins domestiques.

S'il est digne de toute notre sollicitude, car nous aimerions l'arracher, à cet âge, au travail manuel pour le mettre à l'école, où il apprendrait à lire et à écrire et recevrait cette éducation sociale qui fait et forme les citoyens, il ne nous cause cependant pas les soucis des enfants des villes qui pullulent dans les manufactures et les usines.

C'est à ces déshérités que je consacre ces lignes, trop heureux si je parvenais à intéresser à leur sort ceux qui se dévouent à l'encouragement et au développement des œuvres sociales.

Pour ne remonter qu'à 1833, il n'était pas rare de voir des usines et des ateliers où des enfants de sept ans travaillaient jusqu'à seize heures par jour.

N'est-il pas effrayant de penser que cette somme d'heures de travail, qui pèse déjà si lourdement sur l'homme bien constitué, n'était pas épargnée à de tout petits enfants, souvent faibles et maladifs?

Que de souffrances endurées, que d'efforts dépensés !

Combien le cœur se sent étreint à cette réponse d'une malheureuse mère à un enquêteur :

« Je suis obligée parfois de battre mes enfants pour les réveiller. Cela me fait pleurer d'être obligée d'agir ainsi. »

O le douloureux calvaire gravi par cette mère, qui ne peut arracher ses fils à des travaux au-dessus de leurs forces et de leur âge sans les jeter dans les affres de la famine, qui les guette.

En 1841, le législateur, ému à la vue de tant de misères, intervient alors au nom de la moralité, de la santé et de l'instruction publique.

La loi, plus humaine, interdit, en effet, aux manufactures, aux usines, aux ateliers à moteurs mécaniques ou à feu continu, l'admission des enfants âgés d'au moins huit ans. La durée du travail n'est plus que de dix heures de huit à douze ans, et de douze heures de douze à seize ans.

Ce n'est qu'en 1874 que se réalisent d'importantes améliorations pour l'enfant, qui n'est plus admis qu'à partir de l'âge de douze ans et ne travaille plus au delà de douze heures le jour, avec suppression absolue de travail de nuit et souterrain. Il est, en outre, tenu de fréquenter l'école.

Pauvres enfants, qui ne pouvaient apprendre ni à lire ni à écrire !

Il est bon de signaler qu'actuellement, passant d'une extrémité à l'autre, on force un peu trop ces jeunes têtes au point de vue intellectuel, et le surmenage auquel elles sont astreintes ne peut qu'être préjudiciable à leurs faibles cerveaux.

Enfin, en 1900, une nouvelle loi est venue réglementer le travail des enfants, qu'elle réduit à dix heures.

Depuis quelques mois, en mars 1904, elle est mise en vigueur. On peut en prévoir les effets bienfaisants, mais est-ce assez? Je ne le pense pas.

S'il est vrai que, dès 1866, une heureuse initiative créa, à Paris, la Société protectrice des apprentis et des enfants employés dans les manufactures, cette œuvre, des plus intéressantes, ne s'est pas étendue partout, et des milliers d'enfants, privés de cette tutélaire surveillance, sont encore condamnés à un travail souvent au-dessus de leurs forces, toujours trop lourd pour leurs faibles bras.

La mutualité doit donc, par tous les moyens dont elle dispose, enrayer et amoindrir ce mal social.

Si nous voulons arracher ces petits enfants à la fournaise qui les épuise et les étiole, et leur permettre de devenir robustes de corps et sains d'esprit, fondons des sections mutuelles pour les enfants ouvriers. Donnons-leur le temps et les moyens d'achever leur instruction. Aidons au développement de leurs facultés intellectuelles et morales. Leur corps aura ainsi le repos nécessaire pour se former, et nous aurons contribué à faire de ces tout petits des hommes au jugement droit et au corps vigoureux.

" L'Union Familiale "

PENDANT que le père est à l'atelier ou au cabaret, la mère exerce trop fréquemment, hélas ! un métier qui l'éloigne de son intérieur, et quand les enfants sortent de l'école, que deviennent-ils livrés à eux-mêmes sans guide, sans soutien, dans les grandes villes ?

A la campagne, de bienveillantes voisines veulent bien se charger de veiller un peu sur ces pauvres enfants, mais, dans les grands centres, dans les villes comme Paris, Lyon, Marseille, etc., n'est-il pas dangereux de laisser ces bambins errer à l'aventure ? Ils risquent cent fois de se faire écraser ou de se contaminer au contact de promiscuités malsaines.

C'est aux dangers sans nombre qui entourent la faiblesse enfantine qu'une femme de cœur, Mlle Gahery, a songé en créant dans le quartier Charonne, à Paris, une œuvre aussi belle que « l'Union familiale ».

Ah! certes, ce ne sont pas les difficultés ni les détracteurs qui lui ont manqué. Mais douce, persévérante, malgré de nombreux déboires, Mlle Gahery a su triompher des obstacles et vaincre la méfiance des familles.

Dans un vaste immeuble, loué trop cher, hélas! pour les faibles ressources de l'œuvre entreprise, des centaines et des centaines d'enfants sont accueillis tous les jours et entourés des meilleurs soins.

Afin d'écarter toute apparence de charité humiliante de cette institution philanthropique, digne des plus grands encouragements, une modeste cotisation de quelques centimes est versée par les petits élèves.

Autour d'eux, cinq ou six femmes distinguées, instruites, s'astreignent quotidiennement, et sans la plus légère défaillance, à la plus austère, à la plus laborieuse des existences, et cela sans la moindre rétribution. Leur récompense, c'est la satisfaction du devoir social accompli.

Elles sont logées comme les plus pauvres des ouvriers et vivent comme eux. Leur dépense mensuelle ne dépasse pas 25 francs par tête.

Toutes les salles regorgent d'enfants, et il est vraiment beau de voir toutes ces petites frimousses plongées dans des ouvrages de couture ou de broderie, étudiant la sténographie, le dessin, les langues vivantes, le solfège, les danses, se livrant à des petits travaux manuels, etc.

Il est pour Mlle Gahery et pour ses dévouées collaboratrices une joie bien vive, c'est de pouvoir grouper autour d'elles, le soir, les grands, les adultes, qui sont heureux de revenir au bercail s'instruire en écoutant de charmantes causeries. L'économie sociale est la base principale de ces conférences, qui sont pour ainsi dire le complément de l'enseignement officiel. Mais la meilleure place est donnée à l'enseignement ménager.

Quels services rendus à la famille ouvrière, dont les jeunes membres n'ont pas la moindre notion de la tenue d'un ménage : couture, confection de vêtements, raccommodages, cuisine, petite comptabilité ménagère. Tout cela est enseigné à l'Union familiale, et c'est une véritable révélation pour les filles d'ouvriers. Mais aussi quels merveilleux résultats moraux et économiques!

Les tout petits sont ainsi mieux armés pour la lutte pour la vie, et leurs sentiments s'élèvent au-dessus des préjugés et des passions.

Ah! combien dignes d'admiration et d'encouragements sont ces femmes d'élite qui prêtent ainsi leur concours à une aussi belle œuvre, qui régulièrement quittent leurs occupations ou leurs plaisirs pour causer avec les humbles, les promener, leur ouvrir doucement l'âme à des idées larges, à des sentiments nobles et délicats.

Ainsi s'accomplit sans heurt, sans froissement, le rapprochement inévitable des fractions de la Société.

Honneur donc à ces auxiliatrices de la fraternité sociale dont le dévouement et la sublime abnégation devraient porter des fruits plus grands encore et s'étendre à toutes les villes, à tous les centres ouvriers.

Éducation Enfantine.

———◆———

INCULQUER aux petits enfants des idées larges et saines sur la solidarité et la fraternité est un devoir sacré pour les parents.

Je serais heureux si ces lignes pouvaient inspirer aux mamans les généreux et beaux principes de cette éducation sociale enfantine qui, doucement enseignée aux tout petits, alors que leur esprit en éveil cherche à tout connaître, à tout apprendre, rendrait leur jugement sain et droit, et préparerait leur cœur aux sentiments d'humanité qui font germer la solidarité fraternelle.

Dès votre plus tendre enfance, gentils bambins, apprenez à connaître vos devoirs et placez-les toujours avant vos droits.

Si vous êtes pauvres, supportez l'adversité avec douceur et résignation, voyez si vous n'avez pas à vos côtés plus malheureux encore que vous et partagez le peu que vous possédez avec vos frères les déshérités. C'est la fraternité sans phrases, c'est la sainte solidarité.

Si vous êtes riches, combien alors facile est votre tâche sociale, puisque vous n'aurez qu'à laisser tomber de vos mains fraternelles cette pluie d'or dont le superflu n'atteindra même pas la plus petite parcelle de vos jouissances et de vos plaisirs.

Mais il ne suffira pas d'ouvrir votre caisse et d'en distraire quelques louis pour vous croire quittes envers vos frères les miséreux.

Non, mes petits amis, si la façon de donner vaut mieux que ce que l'on donne, cet axiome est encore bien plus profondément vrai quand il s'agit d'aider au relèvement moral et matériel de son semblable.

Pendant que pelotonné, en hiver, dans une chaude pelisse, ou délicieusement fouetté par le grand air, en été, vous allez dans une riche voiture, au trot de deux magnifiques chevaux, courir les magasins ou rendre visite avec votre maman dans de somptueuses demeures, si, un instant distrait de la riante image que vous

offre la prochaine acquisition d'un joli poney
pour vos promenades des vacances, si votre
regard tombe machinalement sur cet enfant
pâle et souffreteux qui s'en va lentement sur la
route, vous devinerez un petit garçon de votre
âge.

Il a douze ans à peine, mais la souffrance et
les privations ont déjà ravagé son visage vieilli.
Il marche haletant. Sa poitrine émet des sons
rauques que le bruit de votre carrosse ne peut
vous faire percevoir. Mais descendez un instant
sur la chaussée et, de votre main finement
gantée, pressez sa main maigre et tremblante.
Demandez à ce pauvre enfant de quoi il souffre.
Il vous dira qu'il est l'aîné de cinq, que son
papa gagne péniblement quelques francs par
jour, que sa maman, qui nourrit au sein le
dernier né, fait des demi-journées pour aug-
menter le salaire quotidien, mais que, malgré
tous ces efforts réunis, du pain et quelques
légumes sont la nourriture habituelle de toute
la famille, et vous comprendrez pourquoi ses
joues sont creuses, ses yeux éteints, sa voix
tremblante. Si vous l'interrogez encore pour
savoir où il passera ses vacances, il vous dira
que n'ayant aucun moyen d'aller dans les pins
respirer l'air balsamique, il restera à la mai-

son, aidant de son mieux aux soins domestiques. Alors vous viendra l'idée généreuse de
fonder, avec votre bonne maman, l'Œuvre du
grand air pour les enfants pauvres, dont la
santé débile demande des soins particuliers, du
repos et du bon air.

Vos yeux émus entreverront encore d'autres
belles œuvres à créer : les vestiaires qui four-
nissent des vêtements, les arbres de Noël qui
distribuent des jouets aux petits enfants. Vous
sentirez enfin combien il est doux d'aider ses
frères malheureux en atténuant leurs peines,
et vous comprendrez tout ce que renferme de
noblesse et de grandeur le devoir sacré de la
solidarité, que vous aura enseigné, dans vos
jeunes années, votre maman.

Première Leçon.

—✦—

ORSQU'IL séra grand et en âge de discerner aisément le bien du mal, j'enseignerai à mon enfant ce qu'il est bon et utile qu'il connaisse de ses devoirs. Il serait cruel et dangereux, pendant qu'il est si jeune, si frêle, de le fatiguer par l'exposé de principes ou de théories dont il ne saisirait point d'ailleurs la portée et qui ne pourraient que donner à son faible cerveau un travail inutile et complexe.

Ainsi parlent et agissent certains parents qui, de bonne foi, je le veux bien, négligent d'enseigner les prémices d'une bonne culture sociale à leurs enfants en bas âge.

Que grande est leur erreur de penser ainsi,

et combien il est regrettable pour leurs petits de voir s'étendre et se continuer les ténèbres profondes dans lesquelles on les laisse enfermés.

Il faudrait, en effet, préparer doucement, avec une grande délicatesse, un terrain si propice où tomberait la bonne semence, qui germerait avec le temps et donnerait plus tard une abondante et excellente moisson.

Avec le lait maternel, les tout petits devraient s'abreuver à la source fécondante d'une solidarité bien comprise.

Des idées saines et moralisatrices, gravées en eux par la voix charmeuse de leurs mamans, pénétreraient peu à peu leur esprit et leur cœur d'enfant. Au jour prochain où ils seraient devenus des êtres qui pensent et qui comprennent, ils se souviendraient des conseils qui leur auraient été donnés. Ils regarderaient les hommes comme leurs frères, comme les fils d'une même et grande famille, unis pour s'aimer, pour s'entr'aider.

Sous les formes les plus variées, les plus gracieuses, les mamans, car c'est à elles surtout à qui doit être confiée la grave mission d'éduquer ces chers petits, pourraient montrer des exemples nombreux et attrayants de solidarité.

La sensible imagination de ces bambins,

doucement travaillée et frappée, éprouverait un délicieux délassement dont les effets bienfaisants se feraient bientôt sentir.

Les animaux divers qui nous entourent sont un perpétuel enseignement que, dans des récits charmants, on pourrait leur donner en exemple.

Les jolis hôtes ailés de nos haies fleuries et de nos bois ombreux ne nous fournissent-ils pas des traits touchants d'amour mutuel et de vraie solidarité !

En des tableaux imagés comme sait en peindre votre bon cœur, mesdames, montrez aux tout petits le chemin du devoir, dont les ronces et les épines qui le bordent sont les difficultés à vaincre, mais dont les fleurs et les fruits savoureux sont la juste et douce récompense des efforts tentés et menés à bonne fin.

Les Déshéritées.

S'IL est des familles où l'enfant qui doit naître est une cause de joie bien vive, un rayon de soleil bienfaisant, un coin de ciel radieux, le complément du bonheur conjugal, la paix, l'union, il en est d'autres où c'est une accablante tristesse pour les malheureuses mamans qui doivent subir le joug d'un mari paresseux, brutal et alcoolique.

Leur état de grossesse, qui devrait les rendre sacrées, les faire entourer d'attentions délicates, de soins tout particuliers, est l'occasion de cinglantes paroles, d'observations grossières et injustes.

Le mari ne voit dans la fécondité qu'un

7

surcroît de charges, que la mère aurait dû
éviter ; un enchaînement plus puissant, qui,
loin de le séduire et de le rendre meilleur, le
met hors de lui.

Des injures sont proférées contre les infor-
tunées mamans, trop heureuses si un poing
menaçant ne s'abat sur elles, meurtrissant leurs
faibles et délicates épaules.

D'aucunes ont le courage sublime de supporter injures et mauvais traitements sans se
plaindre. Ce sont les douces martyres, dont la
plus grande consolation sont les larmes amères
qu'elles répandent abondamment lorsqu'elles
sont seules. D'autres, moins résignées, plus
énergiques, mais qui n'espèrent plus retrouver
la paix, le bonheur, quittent le domicile conjugal, devenu un enfer véritable.

Si elles ont encore leur famille, elles gagnent
cet abri protecteur, narguant la tempête et les
besoins pressants. Elles peuvent attendre la
venue de ce petit être innocent, mais cause
involontaire de leur désertion.

La situation de ces mamans est pénible, et
il ne nous appartient ni de les juger, ni de les
blâmer d'avoir abandonné un foyer où la dis-
corde et la désolation ont pris la place de la
paix et du bonheur.

Celles vers qui va toute notre sollicitude et pour lesquelles il est nécessaire de faire appel à toutes les bonnes volontés, à tous les dévouements, ce sont les malheureuses qui, seules, sans aucun appui, sans famille pour les recueillir, s'en vont ou sont jetées à l'abandon dans la fournaise empoisonnée des grandes villes, où elles vont s'échouer.

Elles succombent fatalement à la dure nécessité du vice, pour ne pas mourir de faim et pour permettre à leur enfant de voir le jour, si, vaincues, désespérées, elles ne se livrent à des manœuvres coupables, quand elles ne se sentent pas la force de recourir au suicide, si fréquent de nos jours.

A ces déshéritées, tendons une main amie et secourable. Conduisons-les dans ces asiles créés pour elles, comme *la Société de l'allaitement maternel de Paris*.

Là des soins particuliers et délicats sont donnés aux futures mamans.

Si leur état de santé le leur permet, elles emploient les longues heures de la journée à des travaux manuels dont la modeste rétribution, accumulée durant leur séjour dans ces établissements philanthropiques, leur est remise à leur sortie.

Là on leur apprend à supporter vaillamment l'adversité et on leur donne des forces nouvelles pour affronter la lutte pour la vie.

Ces belles œuvres de solidarité ne sont pas assez connues, assez répandues.

Toutes les grandes villes, les centres importants devraient avoir des refuges pour les mamans déshéritées.

Entourées, choyées comme il convient à de futures mamans, d'autant plus aimées qu'elles ont plus souffert, elles se reprendraient à vivre et verraient venir sans crainte, avec confiance et joie, le jour où, vagissant et plaintif, le tout petit tendrait vers elles ses menottes, qu'elles couvriraient de baisers et de larmes. Elles sentiraient naître en elles un courage nouveau, qui leur rendrait les forces nécessaires pour le nourrir et le faire grandir.

Ainsi, on arracherait au désespoir de nombreuses mamans et on sauverait chaque année d'une mort certaine des milliers de petits enfants.

Table des Matières.

47373. — Bordeaux. — Imp. de l'*Avenir de la Mutualité*, rue Saint-Christoly, 10.